PEDRO

¿LA MEJOR MASCOTA?

por Fran Manushkin

ilustrado por
Tammie Lyon

PICTURE WINDOW BOOKS
a capstone imprint

La serie Pedro es una publicación de Picture Window Books,
una marca de Capstone
1710 Roe Crest Drive
North Mankato, Minnesota 56003
www.capstonepub.com

Los datos de CIP (Catalogación previa a la publicación, CIP) de la Biblioteca del Congreso se encuentran disponibles en el sitio web de la Biblioteca.
ISBN: 978-1-5158-8390-6 (encuadernación para biblioteca)
ISBN: 978-1-5158-8391-3 (tapa blanda)
ISBN: 978-1-5158-9237-3 (libro electrónico)

Resumen: Pedro y su perro, Peppy, están listos para la competencia de mascotas. Peppy sabe sentarse y buscar algo cuando se lo piden. Además, está recién bañado y listo para lucirse. Pero, cuando le llega su turno, Peppy se sienta en una abeja, sale corriendo ¡y se mete en un charco de lodo! ¿Podrá Peppy ser la mejor mascota?

Diseñadora gráfica: Bobbie Nuytten
Elementos de diseño: Shutterstock/Natasha Pankina

Traducción al español de Aparicio Publishing, LLC

Contenido

Capítulo 1

A practicar

Pedro le dijo a Peppy, su perro:

—Mañana es la competencia

de mascotas. ¡Quiero que seas la

mejor mascota! Vamos a practicar.

—¡Siéntate! —le pidió Pedro.

Peppy se sentó.

—¡Quieto! —le pidió Pedro.

Peppy se quedó quieto.

—¡Ve por la pelota! —le pidió Pedro.

Peppy la trajo.

—¡Bien hecho! —Pedro sonrió.

Le dio una galletita a Peppy.

Luego Pedro bañó a Peppy.

A Peppy no le gusta bañarse.

¡Le gusta más jugar en el lodo!

Capítulo 2

La competencia

El día siguiente era

la competencia de mascotas.

Pedro vio a Katie con su gatita,

Peaches. Peppy y Peaches eran

buenos amigos.

Roddy le dijo a Pedro:

—Mi loro Rocky ganará. Es el mejor.

—¡El mejor! ¡El MEJOR! —repitió

Rocky.

Pedro esperó a que la jueza viera a

Peppy. Pedro le pidió a Peppy:

—¡Siéntate!

Peppy se sentó.

¡Sobre una abeja!

¡DOS abejas!

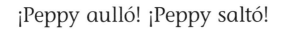

¡Peppy aulló! ¡Peppy saltó!

¡Peppy corrió!

Corrió hasta un charco de lodo.

¡PLAS!

Peppy se sacudió. Salpicó a Pedro

de lodo.

—¡Qué desastre! —gritó Roddy—.

No hay premio para ustedes.

Pedro se sintió triste.

Pedro trató de animarse.

Vio el hámster de Pablo girar

en su rueda.

—¡Qué bien gira! —dijo la jueza.

Pablo ganó un premio.

Pedro vio a JoJo con

su conejita, Betty.

Betty también ganó un premio.

Ganó por ser peluda, suave

y amistosa.

Luego Pedro vio a Katie.

—Peaches está temblando —le

dijo Katie —. Nunca ha estado en una

competencia de mascotas. El ruido

y los olores la asustan.

La jueza miró el loro de Roddy.

—Es el mejor —presumió Roddy.

—¡El mejor! ¡El MEJOR!

—chilló Rocky.

Eso asustó a

Peaches.

¡Peaches se escapó!

Katie siguió a Peaches, pero Peaches

era rápida. Pasó bajo la cerca

¡y se metió en el bosque!

Capítulo 3

El primer premio

¡Peppy también corrió!

Corrió detrás de Peaches.

—¡Peppy, VE POR ELLA!

—gritó Pedro.

Peppy saltó la cerca.

Peaches estaba escondida.

Peppy olfateó y olfateó. ¡Encontró a
Peaches!

La agarró y saltó la cerca
de regreso.

—¡PLAS!

Peppy cayó en el lodo.

Pero no soltó a Peaches.

¡Estaba a salvo!

Katie abrazó a Peaches y a Peppy.

No le importó ensuciarse.

Pedro dio unas palmaditas a Peppy.

—¡Bien hecho! ¡Bien hecho!

La jueza le dijo a Pedro:

—Pediste a Peppy que buscara a Peaches y te obedeció. ¡Peppy es el mejor! ¡Ganó el primer premio!

—¡Bravo! —gritaron todos.

Cuando Pedro y Peppy

llegaron a casa, se dieron

un baño.

¿Adivinas a quién

le gustó más?

Acerca de la autora

Fran Manushkin es la autora de Katie Woo, la serie favorita de los primeros lectores, y también la autora de la conocida serie de Pedro. Ha escrito otros libros como *Happy in Our Skin*; *Baby, Come Out!* y los exitosos libros de cartón *Big Girl Panties* y *Big Boy Underpants*. Katie Woo existe en la vida real: es la sobrina-nieta de Fran, pero no se mete en tantos problemas como Katie en los libros. Fran vive en la ciudad de Nueva York, a tres cuadras de Central Park, el parque donde se le puede ver con frecuencia observando los pájaros y soñando despierta. Escribe en la mesa de su comedor, sin la ayuda de sus dos traviesos gatos, Chaim y Goldy.

Acerca de la ilustradora

El amor de Tammie Lyon por el dibujo comenzó cuando ella era muy pequeña y se sentaba a la mesa de la cocina con su papá. Continuó cultivando su amor por el arte y con el tiempo asistió a la universidad Columbus College of Art and Design, donde obtuvo un título en Bellas Artes. Después de una breve carrera como bailarina profesional de ballet, decidió dedicarse por completo a la ilustración. Hoy vive con su esposo, Lee, en Cincinnati, Ohio. Sus perros, Gus y Dudley, le hacen compañía mientras trabaja en su estudio.

Glosario

aullar—voz triste o de dolor del lobo, el perro y otros animales

olfatear—buscar algo por su olor

premio—recompensa por ganar algo

presumir—hablar en forma arrogante de lo bueno que se es en algo

regresar—salir de un lugar y después volver a este

Conversemos

1. ¿Cómo se siente Pedro cuando Peppy se cae en el charco de lodo? ¿Qué claves te indican cómo se siente?

2. ¿Estás de acuerdo en que Peppy es la mejor mascota? ¿Por qué?

3. Piensa en una mascota que conozcas, la tuya o cualquier otra. ¿Qué premio ganaría esa mascota?

Redactemos

1. ¿Cómo preparó Pedro a Peppy para la competencia de mascotas? Haz una lista de lo que hizo.

2. Haz una lista de las mascotas del cuento. ¿Cuál te gustaría tener? ¿Por qué?

3. Haz un primer premio para Peppy. Escribe en el premio por qué Peppy es el ganador.

🍂 ¿Cuál es el postre favorito de los perros?
¡Las "guaulletitas"!

🍂 Toc, toc
¿Quién es?
Mi…
¿Mi quién?
¡Miau! ¡Miau!

🍂 ¿Cómo se dice "un perro muy guapo"?
"Guaupísimo".

🍂 ¿Por qué los gatos son buenos cantantes?
Porque son muy "miausicales".

🍁 ¿Cómo se llama
un hámster con
sombrero de copa?
Abrahámster
Lincoln.

🍁 ¿Qué juego
le gusta más
al conejo?
Las "esconejidas".

🍁 ¿Qué le gusta
hacer al loro?
Co-lorear.

¡MÁS ¡DIVERSIÓN CON PEDRO!

PEDRO
LA GRAN PESTE

PEDRO
¡EN LA CIMA DEL MUNDO!

PEDRO
PEDRO Y SU SUERTE

PEDRO
EL GOLAZO DE PEDRO

PEDRO
PEDRO Y SUS INSECTOS

PEDRO
¡PEDRO SE VUELVE SALVAJE!

PEDRO
PEDRO NO PIERDE LA CALMA

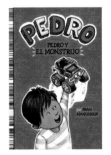

PEDRO
PEDRO Y EL MONSTRUO

PEDRO
EL CLUB DE LOS MISTERIOS DE PEDRO

PEDRO
PEDRO EL NINJA

PEDRO
PEDRO CANDIDATO A PRESIDENTE

PEDRO
PEDRO Y EL TIBURÓN

PEDRO
LA TORRE EMBROMADA DE PEDRO

PEDRO
PEDRO EL PIRATA